O primeiro beijo

O primeiro beijo

Gerente editorial Fabricio Waltrick
Editora Lavínia Fávero
Editora assistente Carla Bitelli
Estagiária Erika Jurdi
Coordenadora de revisão Ivany Picasso Batista
Revisoras Cláudia Cantarin, Cátia de Almeida

ARTE
Projeto gráfico Elisa von Randow
Coordenadora de arte Soraia Scarpa
Assistente de arte Thatiana Kalaes
Tratamento de imagem Cesar Wolf, Fernanda Crevin

Crédito das imagens p. 48 e 49: acervo pessoal; demais fotos: Renato Parada

CIP-BRASIL. CATALOGAÇÃO NA FONTE
SINDICATO NACIONAL DOS EDITORES DE LIVROS, RJ

K98p

Kupstas, Marcia, 1957-
O primeiro beijo / Marcia Kupstas ; ilustrações de Eduardo Medeiros.
- São Paulo : Ática, 2012.
56p. : il. – (Marcia Kupstas)

Inclui apêndice
ISBN 978-85-08-16111-9

1. Literatura infantojuvenil brasileira. I. Medeiros, Eduardo, 1982-. II. Título. III. Série.

12-4571. CDD: 028.5
CDU: 087.5

ISBN 978 85 08 16111-9 (aluno)
ISBN 978 85 08 16112-6 (professor)
Código da obra CL 739001

MISTO
Papel produzido a partir de fontes responsáveis
FSC® C102676
FSC www.fsc.org

2012
1ª edição
1ª impressão
Impressão e acabamento:EGB - Editora Gráfica Bernardi Ltda.

Av. Otaviano Alves de Lima, 4400 — CEP 02909-900 — São Paulo, SP
Atendimento ao cliente: 4003-3061 — atendimento@atica.com.br
www.atica.com.br — www.atica.com.br/educacional

MARCIA KUPSTAS

O primeiro beijo

Ilustrações de Eduardo Medeiros

editora ática

Este foi um dos primeiros livros que escrevi. Depois do sucesso de *Crescer é perigoso*, muita gente me pedia outro livro para jovens. Queria prosseguir na carreira com um assunto atraente para aquele início da adolescência, quando fazemos tantas descobertas... Unindo lembranças pessoais à observação do cotidiano de meu filho e seus colegas, cheguei ao momento do primeiro beijo. O que pode ser mais marcante na puberdade do que essa vivência? Publicado em 1987, o livro já seduziu mais de duzentos mil leitores desde a primeira edição.

Da minha própria adolescência veio a ideia da enquete. Recentemente, soube que essa prática ainda é comum em muitos lugares do Brasil, por isso, ao rever a narrativa para esta edição, não quis mudar esse ponto; optei por apenas atualizar a linguagem e arejar um pouco o texto, dividindo-o em capítulos. Acredito que este novo *O primeiro beijo* mantém o que sempre atraiu o público: diálogos leves, observações divertidas sobre a puberdade, descobertas e medo da mudança.

Espero que você, leitor, se não conhecia a história, divirta-se com ela. E, se já é um leitor antigo, possa matar a saudade de Alex e Bete em sua "roupa nova".

Um grande abraço,

Marcia Kupstas

SUMÁRIO

Aos meus falecidos pais Vytalius e Elisabeth Kupstas, pelo incentivo e carinho.

capítulo 1

Se você fosse um bicho, que bicho gostaria de ser?

Essa era a primeira pergunta da enquete, como mostrava a letra de florzinha na capa do caderno espiral.

Alex suspirou. Que bicho ia ser? Tomou outro gole de refrigerante, espichou-se na cama. Três horas da tarde... Era hora de fazer lição. Ou então ler o livro de português. Ou ainda ver TV ou ir até o playground, arriscar umas bolas na quadra de basquete. Mas prometeu responder à enquete idiota e devolvê-la para Bete, a autora da ideia: um caderno inteiro com perguntas tão estúpidas como aquela.

Folheou as outras páginas, leu as respostas: quem respondeu primeiro foi a própria Bete, claro! Não podia ser indiscreta com a vida dos outros sem deixar que os outros também soubessem da dela. Sua resposta sobre bicho: *Cachorro*. Bem que a Bete acertou. Era tão cabeluda como um cachorro, um cachorro orelhudo de pelo marrom.

Alexandre não gostava de cachorro. Quer dizer, *agora* não gostava, ou pelo menos a mãe dizia que não, porque naquele prédio de apartamentos não se podia ter cachorro. Dizia: “Eles sujam, eles fazem cocô pela casa, soltam pelo. De jeito nenhum!”.

Bete

Quando Alex e os pais moravam no interior, ele via muito cachorro solto pela rua. Às vezes dava pra brincar com eles, os amigos tinham, a avó também. Mas não em São Paulo. Agora só havia um aquário, no meio da sala. Pena que peixe é tão parado e vira enfeite, parece de vidro, igual às paredes do aquário. E se bicho de estimação era aquela coisa silenciosa e colorida, de que valia ter bicho de estimação? Então Alex não tinha bicho de estimação. Não gostava de cachorro. E não gostava da Bete.

Resposta: *Quero ser um leão.*

Pergunta da página seguinte: *Por quê?*

Resposta: *Para comer todos os cachorros e todas as pessoas que gostam de cachorro.*

Sorriu. Vitória. Aquela resposta ia deixar a Bete louca da vida. Quem sabe ela parava de encher, de fazer tanta pergunta, de se meter tanto na vida dele...

Fazia dois meses que Alex estava na nova escola. E tinha aprendido a detestar todo mundo. Não queria aquela escola — a melhor do bairro. Mas precisava ir. Não gostava da cidade, do prédio — o melhor do bairro. Não gostava daquela gente que ria quando ele falava com sotaque caipira. Por que aquela menina tinha de ser tão xereta? Por que queria saber o que ele pensava, o que ele sentia?

Alex pensou até em escrever uns palavrões na enquete. Ah! Bete era capaz de dar risada. Tinha 10 anos, Alex tinha feito 11 um mês antes dela, todo mundo na classe tinha por aí, a mesma idade, só o Marcus que veio de outro país e tinha 13. E por que as meninas se achavam mais velhas, então? Ficavam de espelhinhos pra cá, de pente pra lá, tira blusa e põe blusa. Ainda por cima, Bete tinha de se sentar na frente dele? E soltar tanto cabelo na sua carteira?

Olhou o relógio digital, 15:42. Suspirou. Precisava terminar de responder às perguntas.

Você já deu beijo numa menina?

Beijo em menina. Em prima, já. Em tia, que não era menina, também. Mas beijo de verdade, não. Daqueles de cinema e de novela de TV, não. E nem devia ter graça. Pelo menos naquelas meninas chatas da escola. Podia ser legal se fosse na professora do irmão da Clélia, aquela professora morena, de olhos verdes, que não dava aulas pra ele, mas que um dia ainda ia dar, isso quando estivesse no ensino médio. Ou mesmo beijar a garota do comercial de xampu, na TV. Era tão loira e sorridente! Mas beijar a Bete? A Renata? A Cristiane? Jamais!

Alex respondeu *Sim, várias vezes*. Não ia passar por maricas, porque todos os garotos também escreveram *sim* e ele sabia muito bem que todo mundo devia estar mentindo. Do mesmo jeito que a Renata devia ter mentido quando escreveu *Várias vezes*. As outras meninas diziam que não. Só a Bete colocou: *Quase*. *Quase* lá era resposta?

— Seu pai tá no telefone — avisou Diná, a empregada doméstica da casa.

Alex largou o caderno na cama, foi ver o que o pai queria. Atendeu no telefone da sala.

— Alexandre, tudo bem? Como foi na escola?

Disse que tudo bem. Alberto queria saber como estava com os colegas, se não tinha nenhum problema... Alex de novo mentiu que sim, tinha um monte de amigos. Ninguém ria porque ele falava com sotaque caipira.

— E a lição, já fez?

Já, já havia feito a lição. Tudo ótimo. O pai mandou um beijo, disse que dali a dois dias voltava. Uma viagem rápida, negócios... Disse que mais à noite ligava pra mãe, sabe como é. Os horários. A mãe ia chegar tarde? Então qualquer coisa mandava uma mensagem pelo celular. Alex compreendia.

Alex tinha de compreender. Tinha de compreender que eles precisavam ficar ricos. Antes de desligar o telefone, mentiu pela última vez que estava com saudade. Mas não era saudade; pelo menos não a saudade de seus pais, naquela vida que eles levavam agora. Era a saudade de antes. De quando ainda moravam no interior e o pai tinha apenas uma loja. A mãe ficava em casa. Os negócios não precisavam crescer, crescer tanto.

Pergunta: *O que você mais quer ser na vida?*

Alex poderia responder: Ser feliz!

capítulo 2

— TÓ. ASSIM VOCÊ PARA de me encher.

— Legal, Alex. Tô louca pra saber o que você respondeu.

Bete começou a folhear as páginas, um sorriso cheio de mistério e de aparelho nos dentes. Comentou:

— Legal juntar isso num caderno. Foi ideia da minha avó. Ela disse que todo mundo fazia enquetes assim, antigamente. Dava pra guardar pela vida inteira!

Alex não prestava muita atenção nas explicações. Incomodava mais era a risadinha da Bete, lendo as respostas.

— Cada pergunta besta que você foi arrumar, hein? Pra que você quer saber disso tudo?

— Não sou só eu que quero saber. Todo mundo fica se conhecendo mais... Ou você não leu as outras respostas?

Claro que tinha lido. Até deu risada do Guilherme, respondendo sobre a comida que mais odiava: *Prato vazio*. Também achou graça da resposta do Vítor sobre *O que pensa das meninas da classe?*: *Tão bobas como esta pergunta!*

— Ler, eu li. Mas o pessoal só responde besteira.

Dona Ruth chegou, eles pararam de conversar. A professora começou a chamada. Bete abriu disfarçadamente o caderno e leu as respostas de Alex durante quase toda a aula de Matemática. Dava umas risadinhas. Alexandre começou a suar. Ia fazer papel de palhaço, e para uma menina? O que era tão engraçado? O cabelão marrom da Bete se movia rápido, maravilhosamente adequado para um puxão.

Foi dona Ruth sair e Bete estapeou o rosto de Alex com o cabelo, louca pra fazer perguntas:

— Quer dizer que você não gosta de cachorro?

— Não.

— Por quê?

— Porque eu não gosto.

— Não conheço ninguém que não goste de cachorro.

— E eu não conheço ninguém que fale tanto como você.

— Mas por quê, Alex?

Ela parecia não ter entendido. Alex apenas queria ficar em paz.

— Deus do céu! Não basta responder a essa droga, ficar livre de você... ainda tem que falar, falar, falar...

Ela riu, com o aparelho nos dentes.

— Sabe de uma coisa? Duvido que você tenha dado beijo em um monte de menina.

O rosto dele ficou vermelho.

— E por que não?

— Fala quem.

— Você não conhece. — O calor debaixo dos braços subiu para o rosto, umedeceu a testa e ficou brilhando sob o nariz.

— Não faz mal. Diz quem foi.

— Não falo e pronto.

— Tá vendo? Você mentiu!

— Não menti e não enche, não enche!

As mãos de Alex agiram sozinhas: se penduraram no cabelo da menina. Bete fez “Aaaaaai” de um jeito escandaloso, foi dar um tapa nele e acertou o ar. A classe inteira olhou para os dois.

O lesma, o idiota, o cretino, o metido do Filipe deu risada e falou:

— O *caipira* já arrumou namoradinha... Leva até tapa dela...

Alex cuspiu na cara dele. Filipe deu um chute na canela de Alex. O caderno de Alex voou pra cabeça do Filipe, Filipe tascou o estojo em cima de Alex e um começou a esganar o outro quando o professor Gilmar entrou na classe e levou os dois pra diretoria.

Beijo em menina. Briga com Filipe. A cara vermelha da diretora. O inspetor de alunos, enfezado, carregando cada garoto por um braço, como se Alexandre fosse um criminoso. Devia ser. Devia ter alguma culpa naquilo tudo.

O quarto estava escuro, mas mesmo assim Alex ficava de olhos abertos, encarando o teto. A mãe chegara há pouco, pensou em levantar da cama, conversar com ela. Mas a mãe estava sempre tão cansada, ia contar da filial da loja. De todos os compromissos do dia e os do dia seguinte.

Alex foi para a sala, viu a mãe indo e vindo, celular na orelha, tão concentrada... Devia estar conversando com o pai. Talvez só falassem de negócios. Estavam ficando ricos. Começaram com uma lojinha no interior, agora tinham três lojas grandes em São Paulo.

Alexandre voltou pé ante pé ao quarto. Pensou em ligar a TV, desistiu. Jogou-se na cama, pensando. Tirou o cobertor, sentiu frio. Colocou o cobertor, ficou suando. Ia repetir de ano? Teria de mudar de escola? Só conseguia dar pancada nos outros ou fugir de uma menina chata como a Bete. Ela falava tanto que parecia uma arara.

Arara. Bicho. *Se você fosse um bicho, que bicho você ia ser?* Aquela enquete xereta. A imagem de uma Bete-Arara o fez sorrir. Ela não era nem bicuda nem nariguda. Só falava demais.

Lembrou de outra pergunta, dar beijo em menina... Ah! Isso era tão importante assim, beijar uma menina?

Dormiu pensando nas meninas da classe, que viravam bichos e esticavam as bocas como se beijassem o ar.

capítulo 3

Nos fundos da escola o terreno formava um morro. Ele era contido por um muro bem alto, que, por sua vez, também estabelecia os limites do espaço da escola, isolando-a da avenida. O morro, no qual havia algumas árvores que até formavam um pequeno bosque, fazia parte do pátio — e para lá, durante os intervalos, iam muitos alunos. Alguns simplesmente para tomar lanche ou conversar; outros, como Alex já tinha percebido, para aprontar. Acontece que aquele bosque no alto do morro era o local ideal para ver os carros estacionados lá na rua, sem que os motoristas notassem.

Alex já tinha percebido os garotos aprontando: eles misturavam terra com água da torneira, faziam pelotas de barro e jogavam nos capôs dos carros por cima do muro. Até competiam.

Júlio começou atirando primeiro:

— Vou acertar no espelho da van. — Fez pontaria. — Na mosca!

Vítor foi o seguinte. Sua bola era enorme. Disse que acertaria o farol do carro prata, quase na esquina. Arremessou a bola de barro movendo o corpo igual a um jogador de beisebol que se vê nos filmes. Passou rente. Acertou o pneu.

Alexandre estava ali perto.

— Por que não deixa o caipira tentar? — sugeriu Júlio.

— Isso aí, caipira! Você tem pontaria? — perguntou Vítor. — Quer ser o próximo?

A resposta de Alex foi enrolar uma bola de barro com muito cuidado. Só depois perguntou qual era o combinado.

— Diz aí onde você acha que acerta.

Resolveu consertar o erro do Vítor.

— Vou tentar também no farol.

Boa mira, força certa. O barro grudou na lanterna e escorreu pelo vidro.

— Valeu! O caipira tem pontaria! — disse Guilherme. — Agora é minha vez!

Guilherme escolheu o carro amarelo, estacionado bem ao lado da van. Catou um punhadão de terra, enrolou com capricho aquele verdadeiro foguete marrom. Escorria barro pelo seu punho. Fez mira. Um, dois... e a dona do carro abriu a porta no exato instante em que Guilherme soltou a bola de barro. Acertou direitinho no cabelo grisalho da mulher. Era a diretora.

— Iiiiiih, sujou! Vambora.

Mas dona Marta viu. Viu e gritou, chamando inspetores, zelador, porteiro... Não havia como escapar.

Metade da classe não escapou. A diretora tinha ficado furiosa demais para permitir que algum dos "criminosos" fugisse do castigo: Guilherme, Alex, Vítor, Ivan, Filipe, Tadeu, Roberto... só Júlio não foi chamado. Escapou porque sabia se fingir de santo muito bem, participava de todas e nunca era acusado.

A mulher estava tão nervosa que desfilava igual a um general na frente dos garotos. Era baixinha e magra; na verdade, da mesma altura de Alex, que era o mais alto entre eles. Mas o jeito de falar! O brilho nos olhos claros que quase ficavam cinzentos... Não ia deixar as coisas assim. Ainda segurava os restos da bola de barro, e a toalha em suas costas escondia a mancha no vestido.

Silêncio tão intenso que, quando ela tomava fôlego, dava pra ouvir o tique-taque do relógio da sala.

— Eu quero saber *quem* foi. Porque isto aqui... — chacoalhava o barro como se ele fosse *outra* coisa nojenta em sua mão — nunca aconteceu nesta escola. NUNCA! É uma falta de educação, um... — Esqueceu até a palavra.

Alex imaginou a hora em que a mulher ia enfiar a bola de barro pela garganta de um deles. Não deixaria de ser engraçado.

— Mas eu vou descobrir. Nem que vocês fiquem a manhã inteira aqui, parados na minha frente, eu vou descobrir.

Olhou de um em um:

— Ivan?

— Não fui eu, não, senhora.

— Então quem foi, hein? Quem foi?

Ele ficou quieto. Os garotos nem ousavam se olhar, com medo de se acusar sem querer. Mas Alex percebia, pela respiração forte do colega, que Roberto devia estar chorando. E Roberto nem tinha nada com aquilo. Nem ele, nem o Tadeu, nem o Ivan... Mesmo o Filipe. Podia odiar o Filipe, mas desta vez ele nada tinha com o caso.

— Pois bem. — A diretora largou o barro na mesa, esfregou as mãos. — Vocês não querem responder. Então eu vou anotar a classe inteira.

Anotar significava que todos os alunos teriam uma séria observação na agenda escolar. Era uma prática complicada do colégio, Alex sabia como os colegas ficavam alterados quando tinham de explicar à família porque a diretora perdia tempo reclamando deles... Mas Alex vinha de fora, não se importava com blá-blá-blá. Os pais lá teriam tempo de abrir sua agenda?

Antes que a mulher desse as costas para eles, Alex resolveu falar:

— Não foi de propósito, dona Marta — começou.

Não pretendia acusar Guilherme, só achava que apenas os quatro, esses sim, podiam até levar uma dura. Envolver os outros é que não era justo.

— O que você disse? — A diretora se aproximou dele, mas Alex não teve tempo de explicar mais nada.

Naquele instante, Guilherme deu um passo à frente e apontou o colega:

— Dona Marta, foi o Alexandre, eu vi.

— Quem?

— O Alexandre.

Alex sentiu que o suor ficava gelado. Não conseguia enxergar o rosto do outro direito, via as coisas se embaralhando, como se de repente o coração fosse escapar pela garganta. Guilherme. Mas que filho da...

— Não fui eu, dona Marta — respondeu, depois de a diretora perguntar três vezes se ele era o culpado.

— Ah, não foi? Então quem atirou o barro em mim? Caiu do céu? Agora chove barro nas costas da diretora?

— Não foi de propósito.

— Nisso eu posso até... quem sabe?... acreditar. Quem sabe.

A mulher devia ter ódio dele, Alex pensou. Todo mundo ali tinha ódio dele.

— Mas, espera aí, eu não acredito! Não foi você que brigou com um colega ontem? Que já respondeu pra professor, que não faz lição?

— Não fui eu.

— Agora fique quieto, ouviu? Porque mais uma palavra... — Ela respirou fundo. Os olhos cinzentos brilhavam. — Quem estava com você?

De novo o silêncio de ouvir tique-taque e mosquito voando pela sala.

Alex não respondeu. Não ia chorar. Isso, nunca. Ia arrebentar o nariz do Guilherme. Ia levar bronca, castigo. Mas não chorar.

— Não vai dizer? Está bem. O resto da turma está dispensado. Você fica. Vou preparar uma anotação especial, convocando seus pais. Quero falar com eles sem falta, na semana que vem.

Alexandre teve de sentar e dona Marta ainda falou um monte... Mas ouviu muito pouco daquilo. Algumas frases, porém, o marcaram, como se só elas existissem: "De onde você é?", "Veio do mato?", "Não sabe conviver?", "Aqui temos de respeitar as diferenças". Nesse instante, quase sorriu. Respeitavam muito! Ganhou apelido de *caipira* tão logo botou os pés na classe. Mal abria a boca e alguém já ria do seu sotaque. *Diferenças*... Se havia alguma *diferença* que pretendia acertar, era com Guilherme. Assim que possível.

Só voltou para a sala na última aula. Quando entrou, o silêncio foi tão forte... Passou por entre as carteiras e os olhos dos 23 colegas fincaram na sua nuca como flechas. Quando sentou, Bete esticou o braço, ele puxou a mão. Não queria olhar para ela. Não queria ouvir nada daquelas palavras bonitas e mentirosas, *solidariedade, coleguismo, piedade*... O que ele sentia e alimentava no peito era raiva.

A raiva que usou para não chorar. Para correr até seu prédio, largar a mochila na portaria e voltar. Esperar um pouco antes do portão da escola. Pensava em armas, em porrete. Pensava em bombas atômicas e nas lutas sangrentas dos filmes de capa e espada.

Guilherme saiu com o irmão menor. Como sempre, só com o irmão menor.

— Que sacanagem foi aquela, hein, *senhor* Guilherme?

Falou um "senhor" caprichosamente acaipirado e parou na frente do outro. Guilherme deu risada. Uma risada meio murcha no canto da boca.

— Eeeeeeh, Alex! Que é isso? É que eu pensei... Você começou a afrouxar...

— Pensou que eu ia dedurar você. Que eu ia sacanear o pessoal, hein? — Deu um empurrão nele. Guilherme era quase do mesmo tamanho, devia pesar uns quilos a mais.

— Qual é?

— Qual é? Qual é? — Alex deu um chute na canela de Guilherme, bem no lugar que doía.

Aí Guilherme percebeu que não dava para fugir. Jogou o material no chão e começaram de tapa. Depois foram de mordida. E tentavam pontapés. O irmãozinho dele voltou correndo para a escola, mas nenhum dos dois viu.

O inspetor, a diretora e o porteiro chegaram juntos. Guilherme tinha sangue escorrendo do nariz e Alex estava sem os botões da camisa, com uma unhada no peito e uma mordida funda no braço.

— Anotação nada, ouviu? — dona Marta gritou. — Você está suspenso! Não volte aqui sem os seus pais! Entendeu? Não me entra aqui, não...

Alexandre não ouviu o resto. Fugia pela calçada, fugia para chorar o caminho inteiro, chorar a tarde inteira em seu quarto, sem querer a ajuda de Diná no curativo que ele mesmo fez, sem esperar a mãe, o pai. Sabia lá a que horas iam chegar a mãe ou o pai?

O negócio ficou feio. Naquele dia, pai e mãe foram pontuais, estavam em casa antes do começo da noite. Os dois, surpresos pelos telefonemas, faziam, eles também, longos telefonemas que viravam cochichos quando Alex se aproximava. Os dois sentados no sofá, Alexandre mais adiante, de pé. Os dois se sentindo *de-cep-ci-o-na-dos*, como soletrou o pai, em voz baixa, um jeito solene.

Vai ver pensava que dizendo assim o filho entendia melhor. Nem olhou nos olhos de Alex. Nenhuma vez.

— Um colégio tão bom! Nunca pensei. Meu filho com dificuldade no colégio! — Alberto mordia o lábio inferior, passava lentamente os dedos pelos poucos cabelos que lhe restavam na testa.

— Ooh, Alex! — Era a terceira vez que a mãe dizia "Ooh, Alex!" e não completava a frase.

Silêncio e penumbra, apenas o motor do aquário fazia um zumbido discreto. Alexandre mantinha a cabeça baixa. Adiantava explicar? Ele bem que tentou. Tentou falar que a culpa era do Guilherme. Mas não quiseram saber: "Guilherme não precisou até fazer curativo no hospital?", perguntou a mãe, espantada. Como se o fato de alguém "fazer curativo no hospital" mostrasse que estava com a razão.

— Amanhã vou falar com dona Marta. Quem sabe? — disse Alberto.

— Explique que o menino tem pouco tempo de São Paulo... é uma criança.

— Criança! — O pai estava definitivamente decepcionado. — Dois meses de escola e conhece mais a diretoria do que a classe.

— É só uma fase.

— Uma fase... Vamos ver. Quem sabe um psicólogo, não é mesmo? Dona Marta não passou o número daquele psicólogo que atende o pessoal do colégio?

— Deu o número, sim. Falou até num desconto! Que Alex tem que tentar controlar a raiva. Ou isso dá certo, *ou*...

E se calaram no "ou". A continuidade da frase era "ou Alexandre terá de mudar de escola". Os dois falavam sobre Alexandre, mas não com ele.

O garoto continuava ali calado, de pé diante do sofá. Ouvia os pais do mesmo jeito com que ouvira a diretora, como se realmente falassem de outra pessoa, alguém que não fosse ele, que fosse... assim, um alienígena do planeta distante, um homem das cavernas vivendo na cidade de cristal, um boneco de ventríloquo que ganhasse vida, mas não voz... O que queriam dele?

E Alex, o que queria?

Naquele momento, o que desejava *mesmo*, com uma força que até machucava dentro de sua cabeça, era gritar. Gritar que odiava a escola, a cidade. Por que não perguntavam pra ele, Alexandre, o que queria da vida, por que se magoou tanto com os colegas, o que aconteceu de verdade?

O pai preferiu apenas olhar para Alex e suspirar. Moveu devagar a cabeça.

— Bem, Alexandre... Vamos ver se a gente consegue consertar a bobagem que você fez. Brigando na rua! Ah, que tristeza você vai dar para a sua avó!

— Já telefonou para ela, Alberto?

O garoto se afastou. Sentia os olhos secos, estranhamente secos, numa hora dolorida como aquela. Sabia que os pais continuariam com aquela conversa em voz baixa, como se estivessem no velório de alguém, como se esse alguém precisasse de psicólogo, de bronca, de castigos. E talvez ele apenas precisasse ser ouvido. Apenas precisasse conversar.

Não foi possível terminar o pesadelo tão depressa. Dona Marta precisou viajar e só receberia os pais de Alexandre na segunda-feira à tarde. Afirmou que poderia "nunca se sabe, talvez, veremos" rever sua decisão. Mas insistia em dizer que o menino só voltaria às aulas "depois de uma conversa longa e séria".

Então o fim de semana seria mesmo prolongado. Silencioso. Os pais mal conversavam com Alex. Enquanto seu destino não estivesse traçado, ele seria aquele estranho filho-fantasma, assombrando a casa em tempo inadequado.

Era sexta-feira e os pais precisavam trabalhar. Desta vez, a mãe não o acordou com o despertador, nem foi até o quarto para um beijo de despedida. Nem pediu que Diná fizesse alguma coisa especial no almoço, o que seria comum se ele faltasse à aula por outro motivo, se estivesse gripado, por exemplo. Se era especial Alex ficar em casa fora de hora, era por culpa dele. Que se sentisse culpado.

Dez horas da manhã, o telefone tocou.

— Queria falar com o Alexandre.

— Sou eu.

— Aqui é a Bete.

— Sei.

Estava difícil de ouvir, barulhão de vozes. Era hora do intervalo. Bete devia ligar do celular, no pátio.

— Como você está, Alex?

— Que é que você acha?

Por que ela tinha ligado? Também ia gozar dele, como todo mundo devia fazer naquela hora, lá na escola? "O caipira se ferrou... foi bobo... já vai tarde..."

— Liguei porque queria saber como você tá. Quer que eu copie a matéria pra você?

— Pra quê? Vou ser expulso da escola.

— Você ainda não sabe! Ouvi dona Ruth dizer para o Osmar que eles ainda não têm certeza. O que a gente sabe é que foi sacanagem do Guilherme. Ele faltou hoje, sabia?

— Claro que não sabia.

— Você é muito nervosinho, sabia?

"E você é muito faladeira, sabia?", mas Alex não disse isso, só pensou. Numa manhã tão silenciosa e triste, era até bom ouvir alguém. Mesmo que fosse a Bete.

— A gente achou que foi a maior maldade com você. O Guilherme bem mereceu a surra...

A ligação quase caiu, Alex ouviu a Bete repetir:

— Alô, Alex? Alô?

— Pode falar.

— Você ouviu? A gente quer que o Guilherme conte a verdade. Ele não devia ter feito aquilo, entregou só você e foi ele que acertou o barro na diretora. A gente vai dar a maior dura nele.

— Ô, Bete, por favor. Não se mete nisso, tá?

— Claro que eu me meto! Foi superinjusto!

— Por favor, Bete. Promete que não vai falar com ninguém nem vai falar com o Guilherme.

— De jeito nenhum, até parece! É claro que eu vou ajudar!

— Pra que você vai me ajudar? Eu não pedi a sua ajuda!

— Porque quero ser sua amiga.

Começou a ficar com raiva daquela teimosia cabeluda da Bete. Por que ela se enfiava onde não era chamada?

— Eu não preciso de amigos. Ouviu? Não quero ser seu amigo.

Alex se arrependeu no mesmo instante, mas dessa vez tinha falado, e aí?

— Desculpa, Bete.

Só que disse isso para o ruído de ligação interrompida. Será que o celular falhou ou a Bete desligou mesmo na sua cara, magoada? Será que ouviu seu pedido de desculpas?

capítulo 4

Alexandre não se lembrava de ter dormido tão mal, em toda sua vida, como naqueles dias. Nem de fingir tanto que dormia. Ficava no quarto assistindo TV sem reparar no que os artistas falavam. Sentia que tudo era silencioso e dolorido, como se o silêncio zumbisse fininho em suas orelhas, assim feito uma música que magoa.

Ouvia a conversa dos pais, eles telefonando muito, para muita gente. Talvez até precisasse ir ao tal psicólogo, já que o pai achava isso importante. E Alex não precisava de psicólogo, não precisava de castigo. Só queria que as coisas voltassem a ser como antes. Preferia os pais de antes, do jeito que eram no interior. Não que tivessem mais tempo para o filho, estavam sempre muito ocupados, mas...

... era diferente. Alex tinha o morro. Verdade que o pai chamava de terreno baldio, e a mãe reclamava que ele voltava fedendo a lixo. Mas no morro podia empinar pipa. Correr. Tinha amigos. Amigos-de-pé-no-chão, que falavam palavrão e não se incomodavam com sotaque.

Numa das conversas da mãe, no celular, ouviu o comentário: "Talvez a gente tenha criado o Alexandre muito solto".

O que tinha de mais ser solto, ser livre?, pensou. Apertava os olhos para não chorar. Antes podia correr. Brincar. Agora só ficava na cama, olhando o teto... Ali, sim, era um prisioneiro! E se ele fugisse?

Fugir de casa! A ideia surgiu em sua cabeça como a única coisa possível de ser feita. Seu coração disparou forte, do mesmo jeito que na diretoria, dois dias antes.

Era cedo, mas não muito. Levantou da cama, espiou pelo corredor. Ouviu o ronco discreto do pai pela porta fechada do quarto. Andou pela casa, leu o bilhete da mãe grudado no ímã de geladeira, FUI AO SUPERMERCADO. HOJE O ALMOÇO DEMORA. Era domingo. Se ele andasse depressa... Conhecia a estrada que levava à antiga cidade, podia pegar carona com algum motorista de caminhão. E aí?

Aí ia viver no morro. Separou duas camisetas, um par de tênis. E dinheiro? Encarou o relógio, coisa cara, a avó trouxe dos Estados Unidos. Podia conseguir algum dinheiro com o relógio. Ia alugar uma casa? Ah, podia morar na casa do Pedro, seu melhor amigo. Era uma casa simples, nada daquele luxo de apartamento, mas Alex finalmente viveria feliz. E sozinho! Seus pais não precisavam dele.

— Alexandre! — o pai chamou.

Teria adivinhado seu plano?

— Vou até a loja. — Entrou no quarto sem reparar nas gavetas bagunçadas e na mochila do "fugitivo". — Quer ir comigo?

Precisava ir. Mais tarde podia arrumar as coisas e fugir. Agora não devia despertar suspeitas.

No carro, o pai preferiu fingir que estava tudo bem entre eles. Elogiou o jardim de uma casa. Falou que eles ainda teriam uma casa, perguntou se Alex não preferia casa em vez de apartamento. Alex disse que sim, era mais gostoso. E começou a falar.

A falar de uma saudade que nem ele explicava. De amigos, do morro. Dos pais, até isso ele disse e ficou com medo de chorar, porque, se ia fugir de casa, tinha de ser forte. O pai dirigia e ouvia, sem responder. Estacionou a dois quarteirões da loja, mas não saíram do carro.

— Alexandre, eu sei que está difícil pra você. Eu sei que aqui é diferente, que tudo parece... grande, que você fica sozinho, está sem amigos. Filho, nós... — Alberto olhou bem dentro dos olhos do filho, para ele aquela conversa também era difícil — ... nós gostamos muito de você. A gente quer que você tenha as melhores coisas. Eu e sua mãe tivemos de trabalhar muito. Seu avô era pobre, foi com muito trabalho que a gente conseguiu chegar até aqui. Nós só queremos que você tenha mais sorte que a gente na vida.

Alex não respondeu, desviou os olhos. Viu um pardal pousado em cima de um poste. Parecia que em São Paulo, de passarinho, só tinha pardal.

— Espero que você compreenda, Alexandre.

Alexandre tinha sempre de compreender.

Não fugiu de casa, afinal de contas. Não que a conversa com o pai tivesse resolvido muita coisa, mas pelo menos não se sentiu tão de castigo como antes. Vai ver o pai até tinha conversado com o tal psicólogo... Ou a mãe tinha resolvido não apertar tanto o filho. Enfim: o fim de semana, se não foi uma maravilha, pelo menos não ficou assim tão pesado. Alex até jogou bola com o pai na quadra do prédio.

Segunda-feira à tarde, quando as coisas já prometiam se resolver...

— Alex, alguém tá te chamando no interfone — avisou Diná.

Foi até o interfone esperando ouvir o pai ou a mãe, com a boa/má notícia da escola, porque estava acontecendo a grande conversa com dona Marta. Teve foi a grande surpresa de ouvir a voz do porteiro dizendo que uma garota chamada Bete queria dar uma palavrinha com ele.

Esperou o elevador sem saber o que ou como falar. Deixou a porta do apartamento aberta e conferia os números dos andares passando, até o elevador chegar ao 12º.

E surgiu Bete, ainda com o uniforme de escola e uma pasta pesada nos braços.

— Oi! O pessoal te mandou um abraço.

— Legal.

Ficaram de frente um para o outro. Dava a mão? Ou um beijinho no rosto, que Bete oferecia? Alex correspondeu ao beijo *de longe*. Fechou a porta do apartamento atrás deles. Era estranho ver Bete ali, na sua casa. Quase se fazia obrigatório eles se cumprimentarem diferente, ficarem mais sérios. Diná apareceu, vindo da copa.

— Oi, boa tarde. Tudo bem? — Bete cumprimentou.

Diná respondeu, surpresa. E sorriu. Alexandre ficou vermelho. O que estaria pensando? Que a Bete era o que dele?

Tentou enfiar as mãos nos bolsos, mas aquela calça de moletom não tinha bolsos. Falou pra ela deixar o material na mesa, sentar no sofá. Ela preferiu uma das cadeiras que ficavam em frente ao sofá. Olhava pela sala, disse que o apartamento era legal. Sorria. Não estava com aparelho nos dentes, Alex reparou. Mas também não comentou sobre isso. Continuava sem saber o que fazer com as mãos. Perguntou se ela queria um café, como se Bete fosse uma visita de adulto. Ela disse que não tomava café. Aí sim, ele corrigiu:

— Refrigerante? Bombom? Tem bombom aí no pote. Pode pegar.

Ela pegou um, ele também pegou um.

— Como é que está a escola?

— Por sua causa, na maior confusão. Só hoje o Guilherme apareceu. Está com um curativo desse tamanho... E você, não se machucou?

Era a primeira pessoa que perguntava se ele havia se machucado. Parecia até que a mordida em seu braço tinha lembrado de arder bem naquela hora... Mas era bobagem. O antisséptico já havia desinfetado tudo.

— Não... Só um arranhão.

— Deixa eu ver?

— Aqui no braço.

Bete vasculhou o braço de Alex como se tivesse visão de raio X para ver o lugar da mordida. Ele se decidiu, levantou a camiseta e mostrou.

— Nossa! Parece mordida de cachorro! — Ela se assustou.

— É porque eu não gosto de cachorro. — E riu.

Os dois riram. Piada besta, ligar Guilherme com a enquete, com a conversa sobre que bicho queria ser, com o jeito cabeludo de Bete, com a suspensão...

Os dois caíram na risada. Alexandre sentiu que ia começar a chorar (a chorar de rir) e Bete ficava rindo e mexendo o cabelo, ora cobria o rosto, ora puxava o cabelo para trás.

Até que de novo não sabiam o que dizer.

— Eu trouxe a matéria pra você.

— Não precisa. Eu nem estou na escola.

— Que nada. Você vai ver que a dona Marta muda de ideia. Seu pai vai lá, conversa com ela... Depois, o pai do Guilherme foi na escola sexta-feira. O Gui deve ter contado a verdade.

— Será?

— Você vai ver. — E sorriu. Sorriu daquele jeito que as meninas fazem quando querem esconder uma coisa que só elas sabem, mas que no fundo estão loucas pra contar para todo mundo.

Alex preferiu não perguntar. Nem deixar que a esperança aparecesse: era melhor ter certeza. E daí, voltar pra escola? Continuava detestando a escola. Continuava detestando a Bete?

— Que bonitinhos! — Bete seguiu direto para o aquário. — Como é o nome deste peixe aqui?

Alexandre também se levantou.

— Acho que é acará.

— Como, acha? O aquário não é seu?

— Mais ou menos. Quem mexe mais é o meu pai.

A luz do aquário deixava o cabelo de Bete com um colorido esverdeado. O rosto também ficava esverdeado. Uma Bete marciana. Engraçado como ela parecia alta, por causa do cabelão todo. E não era, era baixinha, assim com um palmo a menos que ele. E Alex estava bem perto dela, tão perto que sentiu o cheiro de Bete, um daqueles perfumes ou potinhos esquisitos que ela sempre estava tirando da mochila e passando e cheirando e olhando.

Alexandre deu a volta no aquário, foi apontando os peixes através do outro lado do vidro:

— Este eu sei o nome. É espada. Este também é espada.

— Espada preto ou vermelho?

— Os dois. Só muda a cor, mas o nome é o mesmo. — Apontou outro. — Este aqui, no fundo. Está vendo? É o paulistinha. Tem listra preta, igual na bandeira.

Os peixinhos ficaram nadando entre o rosto de Alex e o de Bete. Os olhos deles acabaram seguindo o mesmo peixe e se encontraram. O silêncio era tão forte! Gozado ele reparar que o silêncio podia incomodar mais do que conversar com ela.

Apontou o cascudo.

— Esse aí é o faxineiro do aquário. Ele limpa o vidro, come a sujeira.

— Deixa eu ver.

Bete deu a volta no aquário, também se ajoelhou, ficou na altura dele. O cabelão da menina raspou o rosto de Alex e ele achou que parecia mesmo orelha de pequinês. De cachorro peludo.

Alexandre continuou apontando o peixe.

— Você rói unha! — De repente Bete reparou no seu dedo mastigado e quase sem unha e sorriu.

— E daí? — Alex escondeu a mão.

Ficaram de pé.

— Daí que você não acha feio?

— Sei lá! — Ele tentou colocar a mão no bolso que não existia.

— Comer unha deixa a barriga estufada.

— Que burrice! Eu não *como* unha. Eu só fico roendo e depois cuspo fora. Você é tonta mesmo!

Ele se jogou no sofá, enfiou as mãos debaixo da almofada, com a irritação esquisita que sempre sentia diante dela.

— Eu copio a matéria pra você e você ainda me xinga!

— Eu não xinguei.

— Claro que xingou! — Ela sentou no mesmo sofá.

Alex se afastou pra outra ponta.

— Também, cada coisa boba, "comer unha estufa barriga"... — Fez uma imitação exageradamente idiota de Bete.

— Roer unha é nojento, sim. Ouviu? — Ela imitou um Alex que não existia, entortando a boca. — Fica nhoc, nhoc, nhoc, e cospe a beiradinha... Tem mais um cotoco aqui. E rói de novo!

Era engraçado, mas Alex não achou graça.

— Nojenta é a caspa que você joga na minha carteira! Parece um macaco, de tanto cabelo!

— Eu? Macaco? E macaco lá é cabeludo?

Na raiva, Alex atacou no exagero:

— É... é um macaco da neve, peludo que nem urso e... que se mexe mais que... mais que uma lombriga! — Fez cara de vitorioso.

Ela abriu a boca para responder. E continuou de boca aberta. Fechou. Um silêncio forte. E, sem que Alex esperasse, Bete se jogou para cima dele, no sofá, como se fosse enchê-lo de tapa e bater e brigar.

Alex segurou seu braço. Num primeiro instante quase deu mesmo foi um soco na menina, mas o "é uma menina" ainda passou por sua cabeça. Ela estava com raiva, fazia força para soltar as

mãos. O cabelo havia entrado na boca, então ficava engraçado, porque ela falava e tentava tirar o cabelo da boca.

— Grosso, mal-educado, bobo, tonto...

Tantas palavras, tantas. O rosto tão próximo de Bete... Alex foi lembrando: da enquete, da fuga, do silêncio na casa, dos rostos na diretoria. Foi o quê, tudo junto?

Pareceu a ele que o único jeito de fazer Bete ficar quieta era aquele. E, enquanto ela falava, xingava, seus rostos ficavam cada vez mais perto um do outro. Enquanto ela ainda tentava soltar as mãos, Alexandre aproximou, decidido, os seus lábios dos dela e deu o beijo.

Um beijo rápido, de lábios que se encostaram junto com cabelo e saliva. Por um instante Alex fechou os olhos, talvez Bete também tenha fechado os dela. Nenhum dos dois entendia bem o que havia acontecido, deu foi uma moleza, um calor. Alex soltou os braços da menina, que puxou devagar as mãos. As maçãs do rosto de Bete, muito vermelhas. Ela passou a língua pelos lábios, talvez para ter certeza do que havia acontecido. Ou não havia acontecido?... E então saiu correndo.

Alexandre não teve jeito de pedir desculpas nem de dizer que não era nada disso... E o que iria dizer? Havia motivo para se desculpar, para ficar bravo?

O que ele sabia, agora, é que esse tinha sido o seu primeiro beijo. E é mesmo preciso entender por que a gente dá um primeiro beijo?

— Alex, tudo certo! Conversei com a diretora. Filho, onde você está?

Alberto procurou primeiro no quarto, na cozinha. Deu uma espiada na varanda. Foi quando encontrou Alexandre na penumbra da sala, sentado numa cadeira, diante do aquário iluminado.

— Você ouviu, Alex? Eu disse que está tudo certo. Dona Marta não vai mais pedir que você deixe a escola. Parece que o outro garoto contou que mentiu, que outros meninos também aprontaram... Amanhã você já pode ir pra escola! Alexandre, você está me ouvindo?

O pai não deve ter entendido. Alex sorriu, disse apenas "Legal", só isso. E continuou acompanhando os peixinhos nadando. Olhava o jeito deles, de abrir e fechar a boca, como se dessem estranhos beijos na água.

E Alex nem gostava de peixinhos. Nem gostava de cachorros.

Agora, de uma menina com cabelo comprido como orelhas de cachorro... quem sabe?

Os sonhos de Marcia Kupstas

Nas páginas a seguir, você encontra informações sobre a autora, além de uma entrevista especial.

VIDA FEITA DE HISTÓRIAS

"O que você quer ser quando crescer?"

Toda criança, de hoje ou de ontem, já ouviu essa pergunta um milhão de vezes. Marcia Kupstas sempre soube a resposta. "Meu pai contava que, aos 5 anos de idade, quando eu ainda não sabia ler ou escrever, sentava no colo dele e ditava histórias. E ai dele se depois lesse alguma coisa diferente do que eu havia dito."

A memória da infância revela a vocação da autora que, hoje, integra o time de grandes nomes da literatura infantojuvenil brasileira. Mas o sucesso não veio sem esforço. Quando ainda cursava Letras na Universidade de São Paulo, buscou oportunidades para mostrar seu talento, chegando a publicar contos em diversas revistas. Percebeu que a carreira era mais do que imaginava. "Foi deslumbrante descobrir que o que eu faria de graça pudesse virar profissão."

Essa empolgação a motivou a escrever seu primeiro livro, *Crescer é perigoso*, estruturado em forma de diário de adolescente. O sucesso de público foi tremendo, e logo veio o reconhecimento da crítica: em 1988, levou o prêmio Revelação Mercedes-Benz de Literatura Juvenil.

A partir desse dia, recebeu convites de diversas editoras para transformar outros sonhos em livros. Desde então, publicou mais de cem obras e ganhou diversos prêmios, um currículo que faria brilhar os olhos da pequenina Marcia, que tanto sonhou em um dia fazer parte do mundo das histórias.

SOL, PRAIA E MUITAS LETRAS

Nascida em 1957, Marcia descobriu o gosto pela leitura na infância, incentivada pela mãe, Elisabeth. Nessa época, conheceu a obra de diversos autores, dentre eles Monteiro Lobato, cuja coleção de obras infantis guarda até hoje.

Na faculdade, Marcia participou do grêmio acadêmico e publicou em jornais alternativos. Logo voltou à sala de aula, dessa vez como professora de redação. Aproveitou a oportunidade para disseminar seu amor pela leitura.

Marcia aos 4 anos.

Aos 14 anos, na cerimônia de formatura do ginásio (que corresponde atualmente ao ensino fundamental 2).

"Acho que o bom de lecionar é isso, dividir a sua paixão pelas histórias para despertá-la nos outros", comenta.

Nessa época, mostrava seus escritos para todo mundo que pudesse lhe dar sugestões e oportunidades. Dentre essas pessoas estava o jornalista José Edward Janczukowicz, com quem se casou e teve dois filhos, Igor e Carla.

Foi ainda como professora que Marcia teve a ideia para sua primeira novela juvenil. Observando seus estudantes, criou a história do tímido Gustavo, o descendente de japoneses que começa um diário para contar suas frustrações, seus amores... A narrativa intimista e franca de *Crescer é perigoso* conquistou o público adolescente, que se identificou com a obra: "Muitas das dúvidas do protagonista certamente fazem eco no coração de milhares de leitores", a autora afirma.

Apaixonada pelos jovens e pela profissão, Marcia não parou mais de escrever, e os diversos títulos que publicou depois seguiram o mesmo caminho bem-sucedido do primeiro — o livro *Eles não são anjos como eu* ganhou o segundo lugar do prêmio Jabuti em 2005.

Ainda realizou outro sonho de sua infância: morar na praia. Hoje ela vive com o segundo marido, Paulo, em Ubatuba, cidade do litoral norte do estado de São Paulo.

Atualmente, Marcia aproveita os dias quentes e tranquilos para curtir a praia e ler. Também trabalha bastante: escreve e revisa seus livros, e ministra palestras e oficinas em feiras de livros pelo Brasil.

Agora que você conhece um pouco mais sobre a vida e a obra de Marcia Kupstas, confira nas próximas páginas uma entrevista especial sobre *O primeiro beijo*.

MARCIA FALA SOBRE *O PRIMEIRO BEIJO*

Quando foi escrito este livro e por que decidiu falar sobre o primeiro beijo?

É um livro de início de carreira, quando me consolidava como autora para o público juvenil. Queria um tema forte, e existe algo mais marcante na vida do que "as primeiras vezes"? Garanto que, se você perguntar para mil pessoas se lembram do primeiro beijo, acho que 90% delas lembrariam! É um momento marcante na vida, mais ainda para quem está vivenciando a puberdade, o caso do meu leitor.

Costumeiramente colocam-se mulheres como protagonistas de histórias de amor, mas você optou por escrever sob o ponto de vista de um menino. Como foi essa decisão?

Na verdade, os meus primeiros livros sempre tiveram protagonistas masculinos, a começar pela estreia, com *Crescer é perigoso*, que trazia um diário muito íntimo de um garoto de 15 anos. Foi assim com *O primeiro beijo*, *A maldição do silêncio*... Só começou a mudar com a Maria Rita de *Revolução em mim*. Creio que eu temia que as pessoas confundissem literatura com biografia. Para mim, o bom escritor não reproduz meramente os fatos de sua vida, mas *transcende* os temas, inventa personagens e situações. Este é o desafio da literatura: criar uma realidade aparente, em vez de registrar coisas que realmente aconteceram — senão vira jornalismo! Literatura é ficção, é *verossimilhança* — fazer parecer o registro da vida de gente de carne e osso, mas na verdade narrar coisas da esfera da imaginação.

Esta história tangencia diversos temas, como a falta que Alex sente da vida no interior. Por que tratar de tantos assuntos em uma narrativa curta?

Queria que Alex vivenciasse outros conflitos, além do "dar ou não o beijo na menina". Daí ideia puxa ideia... Por que ele não estaria em crise na escola? Por que não se sentiria diferente, vindo de outra cidade? E sua família, estava em harmonia, era compreensiva ou era outro motivo de estresse? Quis ampliar o universo do personagem.

A profundidade do personagem Alex é um dos grandes destaques desta obra. Como foi o trabalho de caracterização dele?

Meu Alex é um personagem mais denso emocionalmente, com mais conflitos. Pode ser novinho, mas vivenciara muitas descobertas. As situações se desenvolveram naturalmente conforme escrevia a história, ampliava aqui e ali sua realidade.

Os colegas de escola de Alex tiram o sarro dele por causa do sotaque caipira, tanto que ele fica desistimulado a interagir com a turma. O que pensa sobre esse tipo de violência, o chamado bullying?

Sabe, acho engraçado esse modismo da palavra "bullying"! Essa prática sempre existiu, parece que agora que surgiu o americanismo de batizar de bullying é que se dá conta de que a escola sempre abrigou um bocado de abuso. Certos conceitos que podem ser importantes, complexos, às vezes acabam, por modismo, sendo simplificados ou banalizados. O tema do abuso entre colegas é grave, mas antigo, e sempre foi visto com seriedade em escolas que se propõem a educar em amplitude e a criar níveis de formação e informação para seus alunos. Acontece que, se vira moda e é banalizada, a discussão perde a força e corre o risco de resultar em posições "da boca pra fora".

É curioso ver que Alex é vítima de agressão mas também agente dela. É assim que você vê essa questão?

Acho que Alex está confuso e solitário. Eu, como adulta e profissional da Educação, jamais defenderia a reação pela violência física, creio que existem outras opções para a solução de conflitos. Porém defendo meu personagem como alguém que vivencia tantas transformações, e tem tanta dificuldade em lidar com elas, que por isso *estoura*! Se sua atitude foi positiva ou não, é uma questão de lógica interna da narrativa e não deve ser julgada de "fora para dentro", tipo "Esse menino é mau, esse livro não deve ser lido por nossas crianças porque dá mau exemplo!". Esse julgamento me parece perigoso. A vida real não é assim, o ser humano é contraditório, é feio e lindo, age maravilhosamente com um, mas é canalha com outro. Creio que a literatura bem-comportada é um risco. O escritor que tenta agradar toda a gente me faz lembrar da fábula *O velho, o menino e o burro*, em que o velho está andando com o burro e o menino e muda de comportamento conforme as pessoas o criticam, por levar o burro sem carga ou subir no burro com o menino ou só ter o menino na garupa... É impossível agradar todo mundo! A boa literatura é feita de emoções, transgressões, atitudes discutíveis, personagens que retratam essa diversidade e que são atraentes exatamente porque podem ser bons, maus, mesquinhos, sublimes. Retratar só bons personagens com bons comportamentos não é literatura, é manual de etiqueta!

Alex realmente não gosta de cachorros ou só tenta se convencer disso pela impossibilidade de ter um?

Ah, acredito que é charme dele! Fala a verdade, cachorro é tudo de bom! E olha que quem diz isso é uma "gatófila de carteirinha"! Sempre tive gatos, às vezes mais de um, mas há dois anos ganhei a Shakira, uma *pit-bull* com alma de *poodle*, que disputa o sofá com minha gata Marie, rouba a comida dela e foge quando a gata rosna pra ela!

Na ocasião da quase expulsão de Alex, os pais dele falam tanto sobre o problema que se esquecem de (ou se recusam a) ouvi-lo. O que pensa disso?

É mais um fator de estresse para o personagem. Ele percebe a contradição e até a hipocrisia da família, a diferença entre o discurso compreensivo ("É bom para o seu futuro") e a prática, em que os pais estão tão envolvidos com seus negócios que realmente não dão chance de o filho se explicar, dizer por que se sente solitário e inadequado naquela escola.

Alex tem uma visão bastante crítica sobre a ascensão social dos pais. Ele percebe que, apesar de terem mais dinheiro, têm menos liberdade e menos tempo para curtir as coisas e as pessoas. Quem mora nas grandes cidades conhece bem esse problema. É um tema que te aflige?

Sem dúvida a questão de qualidade de vida em grandes cidades toca a todos nós. O tempo fica tão precioso! Gastamos tanto tempo no trânsito, no serviço, em mil atividades, que pouco refletimos sobre nossos gostos, nosso lazer. No meu caso, procurei uma alternativa: desde 2007 moro em Ubatuba, numa praia bem sossegada. Mas sei que é um privilégio ser assim meio tartaruga, levar o trabalho nas costas e poder fazer meu escritório na praia. Para a maioria, a grande questão é ficar em cidades grandes, onde os salários podem ser maiores mas os problemas se agravam, ou priorizar a qualidade de vida, mesmo com menos oportunidades profissionais ou de remuneração. Acho que existem soluções individuais. O que vejo é que cada vez mais gente opta por sair das grandes cidades em busca de uma vida mais tranquila.

A narrativa começa com Alex respondendo às perguntas que Bete deixou nas páginas de um caderno, uma brincadeira para conhecer as pessoas. Você já preencheu uma dessas enquetes?

Ah, sim! Essas enquetes eram muito populares... O que me surpreendeu foi descobrir que, mesmo em um mundo “internetado” como o de hoje, com tantas opções tecnológicas, ainda há crianças e jovens que preferem o caderno, preenchido a caneta, para guardar como souvenir. É uma forma de conhecer melhor os colegas, mas também acredito no valor sentimental da posse das lembranças, no guardar esses retratos de gente que, certa vez, foi importante na sua vida.

Outra questão que aparece sutilmente na narrativa é a diferença do amadurecimento de meninas e meninos. É dito que, aos 11 anos, isso fica mais evidente. Acha que essa diferença continua depois?

Tem uma piada feminista que afirma que essa diferença emocional entre os sexos *nunca* se iguala! Que os homens *sempre* serão mais infantis que as mulheres... Não sou tão radical. Acho que na puberdade a diferença existe e até incomoda. Afinal, as meninas aumentam de estatura, tornam-se mocinhas, digamos assim, bem antes dos meninos. Parece uma maldade muito grande ver as meninas tão lindas e adultas aos 12, 13, 14 anos de idade em turmas nas quais os meninos são um bando de crianções! Mas a diferença diminui rapidamente, aos 15 anos a maioria já está em sintonia.

Se não se importa, uma pergunta pessoal: como foi o seu primeiro beijo?

Olha, não teve nada parecido com o beijo do Alex e da Bete, mas também foi atrapalhado! Não sabia direito onde colocar o nariz, se pra lá ou pra cá, então mais fiquei incomodada com “fazer certo” do que aproveitei o momento. Mas lembro quem foi o cara, eu estava com uns 15 anos, e ele tinha uns 18. Foi motivo de orgulho, porque deixei de ser “zerinho”, que era como as colegas gozavam, na época, de quem nunca havia beijado ninguém. É marcante mesmo, não é? Acho que todo mundo se lembra do primeiro beijo... E aí? Como foi o seu?

DESTAQUES DA OBRA DA AUTORA

Crescer é perigoso, 1986
É preciso lutar!, 1987
A maldição do silêncio, 1987
O primeiro beijo, 1987
Eu te gosto, você me gosta, 1988
Sapo de estimação, 1988
Histórias da turma, 1989
Revolução em mim, 1990
Um amigo no escuro, 1994
Um dia do outro mundo, 1995
O primeiro dia de inverno, 1998
Clube do beijo, 2000
9 cois@s e-mail que eu odeio em você, 2001
Aventuras de garoto, 2001
O fantasma do shopping Ópera, 2001
Meu negro amor, 2001
O misterioso baú do vovô, 2001
Difícil decisão, 2002
Histórias dos tempos de escola — Memória e aprendizado (vários autores), 2002
Um olhar diferente, 2002
Pátria estranha (vários autores), 2002
Robinson Crusoé (adaptação), 2002
Os três mosqueteiros (adaptação), 2002
O filho da bruxa, 2003
Eles não são anjos como eu, 2004
Micos e outros bichos — Pais em ação! (com Igor Kupstas), 2004
Bichos incríveis (com Flávia Muniz), 2005
Três amores, 2005
De tanto bater, meu coração se cansou, 2006
Sherlock Holmes — Casos extraordinários (adaptação), 2006
Guerreiros da vida, 2007
A pedra mágica do tempo, 2007
Três animais, 2007
Um ano de histórias, 2008
O esconderijo secreto das coisas misteriosas, 2008
Histórias de terra, 2008
Machado de Assis: contos e recontos (vários autores), 2008
Tem que ser hoje!, 2008
Três amizades, 2008
ABZ do amor, 2009
A gente matou o cachorro?, 2010
Profissão: jovem, 2010
Três viagens, 2011
Evocação, 2012

Esta obra foi composta nas fontes
Quadraat e Base Twelve, sobre papel
Pólen Bold 90 g/m², para a Editora Ática.